MES CHANSONS

ESSAIS POÉTIQUES

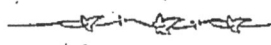

DEUX ÉTOILES AU CIEL. — LA MÉSANGE AU DÉPART.

REVENEZ HIRONDELLES. — PAQUERETTE.

LE MATIN. — LA FLEUR DU DONJON. — LE MATELOT.

JE NE SAIS RIEN.

PAR

Y.-J.-F. ASTIER

MARSEILLE

TYPOGRAPHIE ET LITHOGRAPHIE CAYER ET COMP.,

Rue Saint-Ferréol, 57.

—

1869

MES CHANSONS

Destiné à ne pas franchir les limites étroites d'un cercle d'amis, dont l'auteur connaît et apprécie l'indulgente affection, cet opuscule n'a rien à redouter de l'examen critique de censeurs sévères.

F. ASTIER.

MES CHANSONS

ESSAIS POÉTIQUES

DEUX ÉTOILES AU CIEL. — LA MÉSANGE AU DÉPART.

REVENEZ HIRONDELLES. — PAQUERETTE.

LE MATIN. — LA FLEUR DU DONJON. — LE MATELOT.

JE NE SAIS RIEN.

PAR

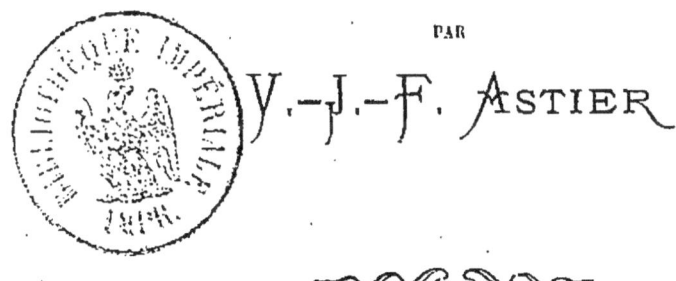

Y.-J.-F. ASTIER

MARSEILLE

TYPOGRAPHIE ET LITHOGRAPHIE CAYER ET COMP.,
Rue Saint-Ferréol, 57.

—

1869

DEUX ÉTOILES AU CIEL

ÉPITHALAME.

—

A Monsieur Louis RIBBE.

—

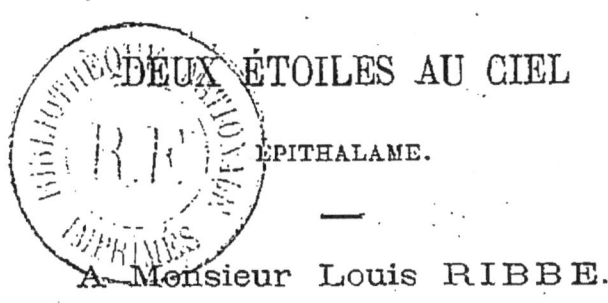

Sous la voûte d'azur, une étoile isolée
Sans éclat, sans rayons, aux brises de la nuit
Murmurait d'une voix plaintive et désolée,
Qnand là-bas, sur la terre, avait cessé tout bruit :
« Éblouissante sœur, aux yeux remplis de flamme,
Toi que mon cœur attend, à ma voix apparais.
Viens de ton pur regard illuminer mon âme,
Gémissant sous le joug de tes divins attraits. »

Les brises de la nuit berçaient de leur haleine
Jusqu'au réveil des fleurs, ce souffle harmonieux ;
Mais, ô prodige, un soir, une lueur soudaine
Surgit à l'horizon, irradiant les cieux.

C'était l'astre adoré, ravissante merveille,
Élevant dans les airs son disque immaculé ;
C'était l'étoile d'or que dans sa triste veille
Évoquait, sans espoir, le céleste exilé.

« Je viens combler tes vœux et tarir ta souffrance,
Ce que lia le ciel peut-il se désunir ?
Je suis le rameau vert de la sainte espérance,
L'étoile du bonheur, du riant avenir.
Vers toi, mon bien-aimé, des sphères éternelles,
Le cœur empli d'amour et de félicité,
Frémissante j'accours, effleurant de mes ailes
Les mondes aériens peuplant l'immensité. »

Puis s'alluma l'autel des chastes hyménées,
Préludant sur son luth par un divin accord,
L'archange qui préside aux douces destinées,
Traça deux noms aimés sur le saint livre d'or.
Et dans la nuit creusant un long sillon de flamme,
Ces deux rayons d'amour montant vers l'infini,
Ont confondu leur cœur, leur prière, leur âme,
Pour glorifier Dieu qui du ciel les bénit.

LA MÉSANGE AU DÉPART

ÉPITHALAME.

A Madame Victorine RIBBE.

Pourquoi veux-tu, frêle et douce mésange,
Quitter le nid qui toujours t'abrita?
Pourquoi troubler ce bonheur sans mélange
Que ta présence en ces lieux apporta?
Nous t'aimions tous avec idolâtrie,
Des rêves d'or caressaient ton sommeil;
Trouveras-tu dans une autre patrie
Tes prés, tes fleurs et ton riant soleil?

> Inclinons-nous, c'est l'Eternel lui-même
> Qui le voulut, respectons ses décrets.
> Pour nous humains, sa volonté suprême
> Aura toujours de sublimes secrets.

N'avais-tu pas des bois le frais ombrage,
De l'eau, de l'air, un limpide horizon?
N'avais-tu pas toute joie en partage
Sous les arceaux de ta verte prison?

Eh bien! tu fuis cet abri tutélaire,
Rien, désormais, ne peut te retenir.
En nous quittant, de ton nid solitaire
Garde toujours le vivant souvenir.

    Inclinons-nous, etc.

Connais-tu bien les souffrances cachées
Que ton départ fera naître en ces lieux ?
Sais-tu combien de larmes ignorées
Secrètement vont perler à nos yeux ?
Ta mère est là pourtant qui te pardonne
Cet abandon ne venant pas de toi.
Puisque c'est Dieu, pauvre enfant, qui l'ordonne,
Courbe ton front sous la divine loi.

    Inclinons-nous, etc.

Prends ton essor vers un autre rivage,
Nos cœurs aimants s'attachent à tes pas;
Ils te suivront sur la lointaine plage
Pour ton bonheur priant le ciel tous bas.
Mais si, soudain, timide passagère,
L'orage au loin sourdement éclatait,
Viens t'abriter sous l'aile de ta mère,
Refuge sûr, plein de calme et de paix.

    Incline-toi, c'est le moment suprême
    De nos adieux ; — non, plus d'illusion.
    N'entends-tu pas ce cri d'amour extrême,
    Ce cri d'amour, de bénédiction !

REVENEZ HIRONDELLES

ROMANCE.

A Madame Gabrielle BRION.

Pauvres oiseaux, l'inclémente froidure
Vous a chassés de nos cieux assombris;
Le vent d'hiver, au sinistre murmure,
De nos bosquets dispersait les débris.
Mais à présent s'apaise la souffrance,
Et du printemps voici l'heureux retour.
Tout chante Dieu, sa grandeur, sa puissance,
Vous seuls manquez à ce concert d'amour.

 Oh! revenez, frileuses hirondelles,
 Avril pour vous se couronne de fleurs;
 Oh! revenez, l'espérance en nos cœurs
 S'épanouit au doux bruit de vos aîles.

Venez, les bois sont peuplés de mystères,
Les près fleuris, le soleil radieux.
Venez frôler de vos ailes légères
L'azur du lac où se mirent les cieux.
Au clair ruisseau vous trouverez l'argile
Pour étayer votre rustique nid,

Ce nid d'amour que votre bec agile
Fixe au sommet du vieux clocher béni.

Oh ! revenez , etc.

Pour vous fêter, la coquette nature
A revêtu ses plus riches atours ;
Gerbes de fleurs, océans de verdure,
Tapis soyeux de mousse et de velours.
Sur le penchant de l'agreste colline,
Le vert genêt étend ses grappes d'or ;
Le grillon chante et l'abeille butine.
Hôtes chéris, pourquoi tarder encor ?

Oh ! revenez , etc.

De votre vol , ô chères fugitives,
Pressez, pressez l'élan impétueux.
Voyez, là-bas , de la France les rives
Surgir du sein des flots tumultueux.
De l'exilé qui pleure sa patrie,
Vous nous direz le soupir attristé.
Au prisonnier dont la voix tremble et prie
Vous parlerez d'espoir, de liberté.

Oh ! revenez, frileuses hirondelles,
Avril pour vous se couronne de fleurs ;
Oh ! revenez, l'espérance en nos cœurs
S'épanouit au doux bruit de vos ailes.

———oo◦◦◦oo———

PAQUERETTE

ROMANCE.

—

A Monsieur Albert SANGUINETTI.

—

Petite fleur que ma main a ravie
Au velours vert des grands prés odorants,
Tu peux d'un mot rattacher à la vie
Mon cœur brisé par des doutes navrants.
Viens mettre un terme, ô blanche pâquerette,
A ce tourment qui me fait tant souffrir.
Dis-moi le sort que le destin m'apprête ;
Réponds, ma sœur, le doute fait mourir...

Tu fus témoin de ses douces promesses
Qui remplissaient mon cœur d'un saint émoi,
Tu tressaillis à mes chastes ivresses
Quand à mes pieds, il me jura sa foi.
Il est parti, ma blanche pâquerette,
Pour moi se lève un bien sombre avenir ;

Prends en pitié ma torture secrète,
Réponds, ma sœur, le doute fait mourir...

En souriant, j'eusse donné ma vie
Pour son amour qu'il jurait éternel ;
Et, maintenant, ma pauvre âme asservie,
Du désespoir sent le frisson mortel.
Reviendra-t-il ? tu le sais, pâquerette,
Pourquoi te taire et me faire souffrir.
Devant mes pleurs resteras-tu muette ?
Réponds, ma sœur, le doute fait mourir...

La pauvre fleur, lentement dépouillée,
De ses débris jonchait le sol du bois.
Sous le couvert de l'ombreuse feuillée
On entendit sa prophétique voix :
« Ne pleure plus, ô ma sœur, chère Odette,
Sur tes douleurs le doigt de Dieu s'étend,
Pour ton hymen déjà l'autel s'apprête,
Et sur le seuil ton fiancé t'attend ! »

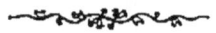

LE MATIN

ROMANCE.

—

A ma fille AURÉLIE.

—

C'est le matin... le jour vient chasser la nuit sombre.
Déjà, vers l'orient, une vive lueur
Projette sur les monts, baignés d'azur et d'ombre,
Un reflet lumineux, du soleil précurseur.
La nature sourit à l'aurore vermeille,
Inondant l'horizon de sa rouge clarté.
Brises et fleurs, oiseaux, papillons, tout s'éveille ;
Tout s'anime et renaît, — c'est l'aube, c'est l'été.

Entendez-vous le chant de l'alouette,
Qui de la terre annonce le réveil ?
Jusques aux cieux s'élève la coquette
Pour saluer le retour du soleil.

C'est le matin... bientôt les étoiles pâlissent.
Avec le jour qui naît, les bruits vont grandissant.
Aux pentes des coteaux les blancs troupeaux bondissent,
Et sous le joug, les bœufs coubent leur front puissant.
Le chantre des forêts, caché sous le feuillage,
Aux appels des pasteurs mêle sa douce voix,
Il célèbre, ravi, dans son brillant langage
Les merveilles du ciel, de la terre et des bois.

　　　Entendez-vous, etc.

C'est le matin... partout le labeur recommence.
Le soleil apparaît, et ses fauves rayons
Comme des flèches d'or fendent l'espace immense,
Et viennent resplendir sur les blondes moissons.
La cloche du village, à joyeuses volées
Tinte son angelus, par l'écho répété.
De la plaine et des monts, des profondes vallées
S'exhale un cri d'amour vers la divinité.

　　　Entendez-vous le chant de l'alouette,
　　　Qui de la terre annonce le réveil?
　　　Jusques aux cieux s'élève la coquette
　　　Pour saluer le retour du soleil.

LA FLEUR DU DONJON

ROMANCE.

—

A Madame Eugénie ROUSTANT.

—

Suave fleur, quel instinct t'a guidée
Vers ce donjon, séjour de la douleur,
Où toujours seul, et l'âme torturée,
Pauvre captif, je succombe au malheur?
Qui te ravit à tes chères montagnes
Pour t'emporter vers le déshérité,
Loin de tes sœurs, ravissantes compagnes,
Loin du soleil et de la liberté?

Je n'ai pour toi que larmes et tristesses;
Qu'un peu de terre arrachée au préau;
Et mes soupirs remplacent les caresses
Du vent joyeux au bord de ton ruisseau.

Pour toi se tait la voix de la nature,
Le bruit de l'eau roulant ses blancs cailloux.
Tu n'entends plus que l'effrayant murmure
Du grincement des fers et des verroux.

Sans toi, mon cœur brisé par la souffrance
Eût de la foi perdu le souvenir.
Tu lui rendis sa divine croyance,
Et, maintenant, il ne peut plus faiblir.
Comme un éclair tu traversas l'orage
Où par lambeaux s'en allait ma raison ;
Et le parfum de ton pâle feuillage
Vint embaumer les murs de ma prison.

A mes malheurs si Dieu daignait sourire,
Si l'horizon s'élargissait pour moi,
En terminant mon douloureux martyre
Tous mes pensers iraient encor vers toi.
Tu m'apportas l'espérance et la vie,
Seul avec toi, j'oubliai l'abandon.
Géleste fleur, sois à jamais bénie,
Tu fis descendre en mon cœur le pardon.

LE MATELOT

ROMANCE.

—

A M. J. REBOA, Capitaine au long-cours,
Commandant le trois-mâts *LE PAMPLEMOUSSE*.

—

Redoutable Océan, soulève la tempête,
Sur tes flots irrités promène l'ouragan,
Appelle les éclairs à ta sinistre fête,
Que l'abîme sans fond ne soit plus qu'un brisant.
Tu ne pourras jamais ébranler le courage
Du vaillant matelot, insensible à la peur;
Sa voix domine encor le fracas de l'orage;
Il chante pour narguer ta mortelle fureur:

    Creuse tes sillons, mer profonde,
    Vents furieux déchaînez-vous,
    Vague déferle, foudre gronde,
    Le matelot brave votre courroux !

Malgré tes noirs rescifs et tes vaines colères,
Malgré tes cris de mort et de destruction,
Vers des mondes nouveaux, dans les deux hémisphères,
Il dirige sa nef, aux ailes d'alcyon.
Le péril est un jeu pour l'héroïque audace
De ce cœur grand et fort, et toujours indompté.
Sa vie est un combat, son domaine l'espace ;
A cet homme de fer il faut l'immensité.

    Creuse tes sillons, etc.

Quand las de soulever tes montagnes d'écume,
Tu suspends, Océan, ta lutte sans merci ;
Quand la lune, le soir, émergeant de la brume,
Vient briser ses rayons sur le flot accalmi ;
Le joyeux matelot, dans l'extase d'un rêve,
Entrevoit sa Jenny, ses amours, son trésor,
Et sa mère pour lui priant Dieu sur la grève ;
Ce souvenir l'émeut, mais sa voix dit encor :

    Creuse tes sillons, mer profonde,
    Vents furieux déchaînez-vous ;
    Vague déferle, foudre gronde,
    Le matelot brave votre courroux !

JE NE SAIS RIEN

BLUETTE.

—

A Madame Augusta SAVER.

—

Je ne sais rien , et malgré mon excuse
Vous insistez encore auprès de moi.
A mon aveu quand de croire on refuse
Je sens grandir mon trouble et mon émoi.
Vous résistez à ma plainte touchante ,
Vous obéir, oui, je le voudrais bien.
Ignorant tout, que faut-il que je chante?
Je vous l'ai dit , hélas! je ne sais rien.

Si je savais de ces sublimes choses
Qui vont à l'âme et font vibrer le cœur,
J'eusse chanté les femmes et les roses,
L'amour, le ciel , le divin Créateur.

Ma faible voix eût chanté l'espérance,
Du malheureux ineffable soutien.
J'aurais donné des pleurs à la souffrance.
Que dire, hélas! puisque je ne sais rien.

Si je savais... dans mon ardeur extrême,
J'eusse chanté la patrie et l'honneur,
La liberté, la liberté que j'aime,
La charité, sa poétique sœur.
De l'amitié, soudain, avec ivresse
J'aurais béni le fraternel lien;
J'eusse prêché respect à la vieillesse;
Que dire, hélas! puisque je ne sais rien.

Dans mes chansons j'aurais sapé le vice,
Blâmé l'orgueil et son faste insolent,
J'aurais flétri l'abus et l'injustice
Et flagellé l'égoïsme attristant.
J'eusse exalté dans mon humble langage
Toute vertu, tout sentiment du bien.
Mais de l'esprit il faudrait l'apanage,
Et je me tais, puisque je ne sais rien.